Vient de paraître :

PREMIÈRE RÉPONSE

A

M. L'ABBÉ LACOUTURE

DARWIN ET MOÏSE

Par X. X.

PRIX : **25** CENTIMES

BORDEAUX

LIBRAIRIE NOUVELLE

MARCELIN LACOSTE, LIBRAIRE-ÉDITEUR

3, place de la Comédie, 3

1887

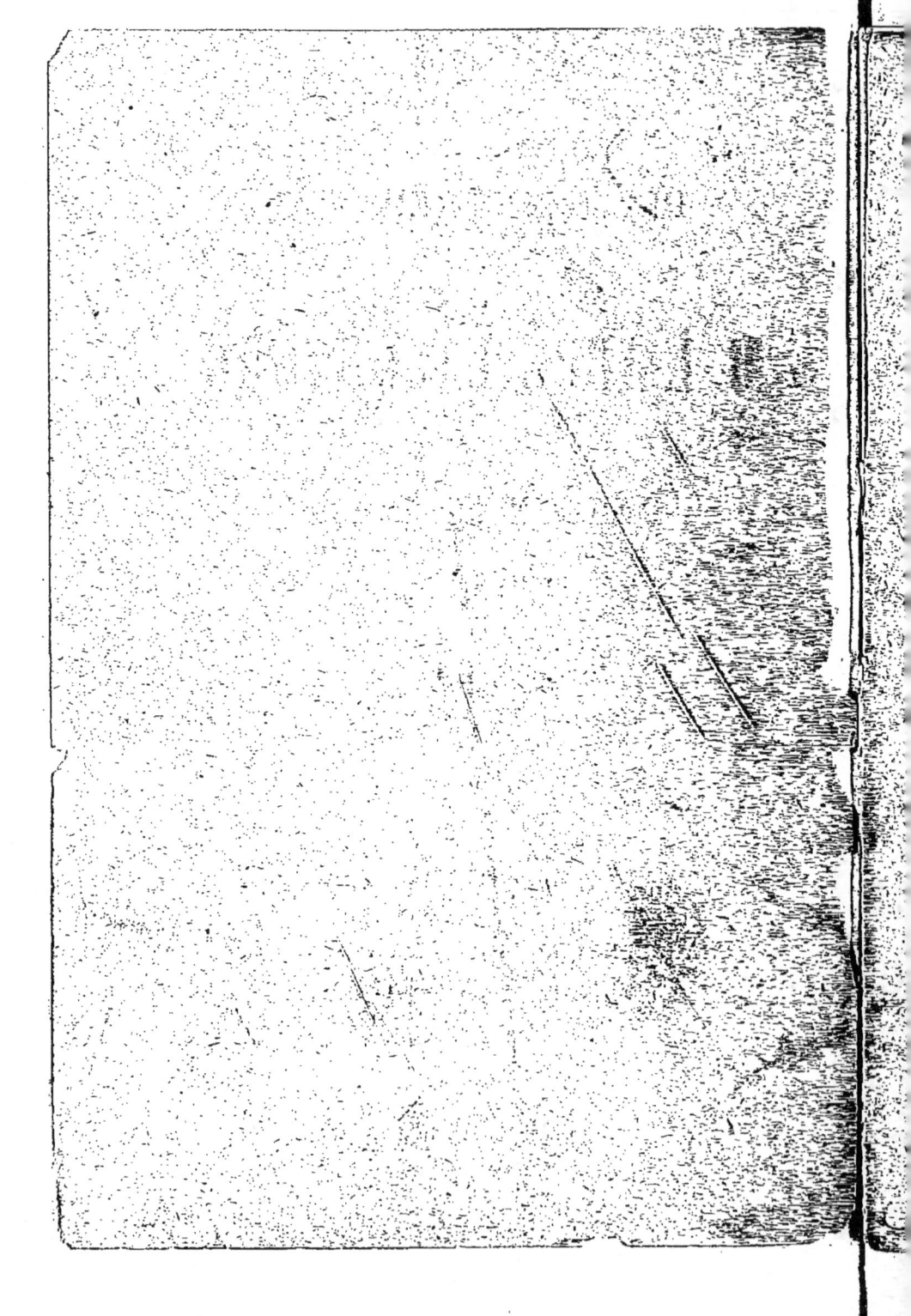

PREMIÈRE RÉPONSE

A

M. L'ABBÉ LACOUTURE

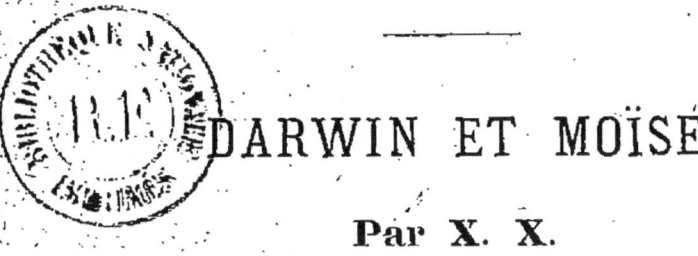

DARWIN ET MOÏSE

Par X. X.

PRIX : **25** CENTIMES

BORDEAUX

LIBRAIRIE NOUVELLE

MARCELIN LACOSTE, LIBRAIRE-ÉDITEUR

3, place de la Comédie, 3

1887

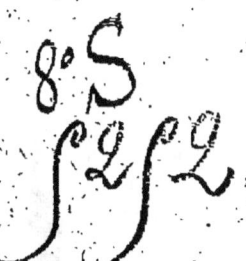

DARWIN ET MOÏSE

L'abbé Lacouture a terminé ses conférences.
Il a dit leur fait à Darwin et au positivisme.

Le grand argument de M. Lacouture est
celui-ci : Depuis que l'humanité s'occupe d'histoire naturelle, les espèces n'ont pas changé;
un éléphant est resté un éléphant, un âne est
resté un âne : donc il en a été de même depuis
le commencement des choses, et les espèces sont
permanentes, immuables.

Par conséquent, tous les êtres vivants, animés
ou inanimés, ont été créés subitement, instan-
tanément, tels qu'ils sont aujourd'hui, par un
seul mot de la puissance divine.

Voilà, d'après M. Lacouture, ce que la science
a confirmé par ses recherches et par ses décou-
vertes.

Darwin, au contraire, pense que rien n'a été
créé d'une manière subite et instantanée. La

seule création qu'il admette comme rationnelle et plausible, c'est une création progressive, une évolution continue des êtres vivants, une transformation graduelle des genres et des espèces correspondant à la transformation du globe lui-même.

On sait, en effet, que la terre n'a d'abord été qu'une masse incandescente, comme le soleil l'est encore aujourd'hui. Le monde minéral tout entier semble être le résultat d'un vaste incendie. Partout apparaissent des traces de combustion. L'eau que nous buvons est un métal oxydé, c'est-à-dire brûlé. La pierre dont nous bâtissons nos maisons est un métal oxydé, brûlé. Le savon qui sert à notre toilette et à nos lessives doit ses propriétés purifiantes à un métal oxydé et capable de brûler jusque dans l'eau. Pour avoir du fer, il nous faut détruire la combinaison qui s'est faite dans les âges primitifs entre ce fer et l'oxygène, l'élément comburant universel. Il n'est pas jusqu'au sol végétal qui ne soit une combinaison de métaux oxydés pendant la période de conflagration primitive : *Ariston men pur* (le feu est tout), disaient les Grecs.

Peu à peu la terre s'est refroidie. Une légère croûte solide s'est formée à sa surface. Les vapeurs de l'atmosphère se sont condensées et ont enveloppé cette croûte solide d'une nappe liquide qui est restée pendant longtemps à la température de l'eau bouillante.

On trouve mille espèces d'algues, de conferves et d'infusoires dans les eaux de nos sources thermales les plus chaudes. La vie organique a donc pu commencer dès les premiers jours du refroidissement terrestre. Mais les plantes, les poissons et les reptiles qui habitaient ces eaux brûlantes étaient assurément d'une espèce différente de toutes celles que nous connaissons aujourd'hui.

Déjà, du temps de Moïse, les Égyptiens, à qui le législateur des Hébreux a emprunté toute sa science, avaient su reconnaître cet état primitif du globe, car Moïse dit que, à l'origine, l'eau couvrait partout la terre.

Mais après des millions et des milliards d'années, le refroidissement de la croûte ter- restre s'étant accentué, et cette croûte se contrac- tant sous l'influence du froid, se bosselant, se crevassant et comprimant la masse de feu

liquide qui était au-dessous, des volcans appa-
rurent, des montagnes se soulevèrent au fond
de la mer universelle, des îlots et plus tard des
continents se formèrent.

En même temps, le changement de la température et des autres conditions d'existence amena
nécessairement un changement correspondant
dans les organismes vivants, aussi bien animaux
que végétaux.

Qui dira le nombre de siècles nécessaire
pour que la terre se soit refroidie de quelques
degrés ? Pendant ces périodes immenses, com-
prenant des myriades et des myriades d'années,
s'opérait, d'après Darwin, la transformation
graduelle, infiniment lente, mais continue, des
genres et des espèces.

M. Lacouture le nie en s'appuyant sur la
permanence des genres et des espèces, telle
qu'elle lui semble constatée par l'expérience
historique d'un certain nombre de siècles.

Or, la période historique de l'humanité
compte à peine quelques milliers d'années.
Qu'est-ce que mille ans ou dix mille ans dans
'histoire du monde? Lorsque l'humanité historique comptera des millions et des millions

d'années, alors, mais alors seulement, elle pourra se hasarder à parler de son expérience au sujet de la permanence ou de la transformation des espèces. Mais de ce que, depuis une dizaine de siècles, on n'a constaté aucun changement, il est illogique et anti-scientifique d'en conclure que ces changements n'ont pu avoir lieu pendant les myriades d'années qui ont précédé les temps historiques.

Parce que la figure d'un homme n'est pas différente aujourd'hui de ce qu'elle était hier, on n'est pas en droit d'en conclure que la figure de cet homme n'a jamais pu changer depuis le jour de sa naissance.

M. Lacouture, « professeur de sciences physiques et naturelles », doit avoir quelque idée de la géométrie. Il n'ignore pas que chaque partie infinitésimale d'une ligne courbe se présente à l'esprit comme une ligne droite. De même l'espèce, envisagée dans une courte période de temps telle que dix ou vingt siècles, nous apparaît comme permanente, alors qu'elle peut avoir changé mille fois dans la suite incommensurable des siècles précédents.

M. Lacouture croit répondre à cette objection

en disant que, dans toutes les fouilles qui ont été faites, on n'a pas trouvé d'ossements qui prouvassent l'existence d'une espèce d'hommes différente de celle que nous connaissons de nos jours.

M. Lacouture n'a donc jamais visité un musée d'anthropologie? Ne sait-il pas qu'il y a, même parmi les races humaines actuellement existantes, des espèces dont les squelettes sont difficiles à distinguer de ceux du singe? N'a-t-il jamais vu un tableau des différents types de l'humanité?

Il y aurait remarqué des êtres à peine moins laids que le singe. Qu'il examine une collection de crânes : il trouvera que ceux de certaines espèces, et parfois ceux de certains Européens, se rapprochent étonnamment de celui de l'orang-outang, du gorille et du chimpanzé.

M. Lacouture demande qu'on lui montre un anneau de transition entre l'homme et le singe; mais le voilà, cet anneau de transition : ce sont les sauvages de la Mélanésie, de la Polynésie et certains nègres de l'intérieur de l'Afrique.

Il y en a qui sont hideux et repoussants, non seulement dans leurs traits, mais encore dans leurs mœurs. Il y en a qui se délectent de la chair de leurs semblables, tandis qu'on ne voit pas les animaux d'une même espèce se dévorer entre eux. Un chat mange les rats et les souris, mais il ne mange pas les autres chats, et c'est un proverbe que les loups, quelque féroces et affamés qu'ils soient, ne se font pas la guerre entre eux. On ne voit, parmi les animaux, rien de semblable au commerce des esclaves, tel qu'il se pratique encore dans l'Afrique intérieure, — avec un excès de barbarie que nous avons peine à concevoir. Le tigre est jaloux de sa femelle, tandis que certains sauvages se font un honneur de livrer leurs femmes au premier étranger venu.

Si ces arguments n'ont pas de valeur aux yeux de M. Lacouture, s'il lui faut absolument des ossements fossiles provenant d'un être intermédiaire entre l'homme et le singe, qu'il réfléchisse que le squelette seul est incapable de caractériser cet être intermédiaire. Précisément parce qu'il est intermédiaire, son squelette doit être celui de l'homme, car s'il était celui du singe, on dirait purement et simplement que c'est un squelette de singe.

C'est donc uniquement par ses aptitudes et

par son développement intellectuel, notamment par la possession d'un rudiment de langage que l'homme intermédiaire a dû se distinguer de l'homme véritable.

Enfin, alors même que les vestiges fossiles découverts jusqu'ici ne contiendraient aucun reste de l'homme intermédiaire, serait-ce une preuve que l'homme n'a pas existé?

Les restes organiques que nous trouvons dans les entrailles de la terre, ne sont qu'une portion infinitésimale de la masse d'animaux et de végétaux qui ont existé dans les âges passés. Qui peut dire tout ce qui a été détruit par les cataclysmes gigantesques et continus qui sont la loi même de la constitution et de la vie de ce globe? D'un autre côté, qui peut dire ce que les fouilles de l'avenir ne parviendront pas à découvrir.

M. Lacouture proclame bien haut qu'il ne veut faire intervenir la Bible ni la religion dans ce débat. Et, cependant, quel autre but poursuit-il en combattant l'hypothèse darwinienne, si ce n'est la justification de la doctrine mosaïque de la création, telle que les théologiens l'ont interprétée jusqu'ici?

C'est une pure fiction de dire que la Bible et la théologie sont étrangères à ces conférences. En réalité, il n'y est pas question d'autre chose.

La théorie darwinienne est, ou du moins paraît à M. Lacouture, incompatible avec le récit mosaïque. Il faut donc la détruire par tous les arguments possibles, si l'on veut ramener les esprits à la croyance traditionnelle d'une création en six jours, avec un soleil créé quatre jours après la terre, qui cependant se meut autour de lui, avec un firmament solide pour séparer les eaux inférieures des eaux supérieures d'où s'échappe la pluie, et avec l'histoire de la pomme et du péché originel, sur laquelle repose le christianisme tout entier.

Mais M. Lacouture est-il bien sûr d'être d'accord avec Moïse lui-même, en interprétant littéralement le récit de la Genèse et en y voyant la preuve d'une création subite, instantanée?

Les six jours de la création mosaïque sont universellement regardés aujourd'hui par toutes les Églises chrétiennes et par les Israélites comme signifiant six périodes indéterminées, pouvant chacune compter des siècles par milliers.

Or, si dans l'une quelconque de ces périodes, Dieu a créé, par exemple, les poissons ou les animaux terrestres, cette création, ayant duré une longue suite de siècles, n'a pu être que progressive et graduelle, c'est-à-dire qu'elle a procédé par voie de transformation et d'évolution. Le récit de Moïse peut donc se concilier avec la théorie de Darwin.

Moïse a parlé par allégories et par figures; mais M. Lacouture, oubliant que c'est « l'esprit qui vivifie et que la lettre tue », se croit obligé de s'en tenir à la lettre du récit mosaïque.

Moïse, en disant que Dieu prit du limon de la terre, qu'il en fit le corps de l'homme et qu'il l'anima de son souffle, fait usage d'une métaphore hardie et poétique. Peut-être, en parlant ainsi, n'était-il que l'écho de quelque croyance égyptienne, attribuant l'origine de l'homme à la loi d'évolution universelle qui a présidé à l'apparition et au développement de la vie organique sur la terre, et qui est inséparable de la cause primordiale et suprême de tout ce qui existe.

Il vaut mieux, pour l'honneur et pour l'avenir de l'humanité, supposer que l'homme est un

singe perfectionné et capable d'un perfectionne-
ment indéfini, que de le regarder comme un
Adam dégénéré, avili et déchu.

Il n'est pas jusqu'à l'immortalité de l'âme qui
ne puisse se concilier avec la doctrine de Darwin.
En effet, si la cellule primitive a pu se transformer en un être doué de vie, de mouvement et
de sensibilité, qu'y aurait-il d'étonnant à ce que
la pensée, à son tour, pût se transformer en
une entité nouvelle, capable de survivre aux
causes accidentelles qui l'ont produite, et de
persister indéfiniment? Ce ne serait qu'une
transformation de plus, la plus belle des transformations, et le vrai couronnement de l'édifice
darwinien.

M. Lacouture préfère prouver l'existence de
l'âme par la thermodynamie, au grand ébahis-
sement de tous ceux qui ne savent pas ce que
ce mot signifie.

Pour ma part je veux continuer à croire que
j'ai quelque chose en moi qui mérite de me
survivre; je veux continuer à croire que la
somme de mes efforts vers le bien, vers le beau
et vers le vrai constitue une résultante morale
capable de persister après la dissolution de ce

corps mortel. — Mais si je n'avais pas cette espérance chevillée en moi par suite de mon éducation première et d'une longue habitude acquise, j'aurais perdu hier cette consolante croyance en constatant la pauvreté des arguments de M. Lacouture.

Nous avons une âme, dit-il, parce qu'il doit y avoir quelque chose pour faire jouer les ressorts de cette machine qu'on appelle le corps. — Et mon chien, monsieur l'Abbé, n'a-t-il pas aussi des ressorts qui jouent admirablement? Le principe vital, qui existe chez les animaux comme chez l'homme, suffit pour expliquer le merveilleux fonctionnement de nos organes.

Je pourrais rétorquer de même la plupart de vos arguments. Mon chien a comme moi la mémoire, la sensibilité, un certain degré d'intelligence, la persistance de son moi individuel, etc., etc. Seulement mon chien est un être moins parfait, moins complet que moi. Il y a un abîme, si vous le voulez, entre lui et moi. Mais cet abîme est moins grand que celui qui existe, par exemple, entre vous et les malheureux humains frappés d'idiotie et de crétinisme.

Vous dites que ce n'est ni le poids, ni le volume, ni les circonvolutions du cerveau qui expliquent d'une manière suffisante la différence des intelligences humaines, ni même la différence de l'homme avec les animaux : — d'accord. Donc il y a autre chose ; mais rien ne prouve que cette autre chose soit une âme comme vous l'entendez, c'est-à-dire une entité distincte et indépendante, dans son principe et dans son essence, de l'organisme matériel qui manifeste son action ; car alors, si ce n'est pas la conformation du cerveau qui constitue la différence des êtres, comme chaque espèce d'animaux a un instinct particulier et des aptitudes particulières, il faudrait que chacune des espèces animales possédât une sorte d'âme particulière, tout aussi immatérielle que celle de l'homme.

La vérité, c'est qu'il y a dans chaque cerveau — dans celui de la bête comme dans celui de l'homme — une force active qui ne dépend ni du poids, ni du volume, ni des circonvolutions, dont nous ignorons absolument la nature et l'essence, et que nous ne connaissons que par son action, inséparable de l'organisme, comme nous ne percevons l'électricité que par ses effets, sans pouvoir la saisir dans son essence et dans son principe.

Vous le voyez, Monsieur l'Abbé, il serait facile de retourner contre vous tous vos raisonnements, voire même vos calembours et vos « mots de la fin », empruntés si souvent au *Figaro* et au *Charivari*.

Et cependant, je le répète, je veux continuer à croire à l'existence de l'âme humaine, bien que vous m'ayez démontré hier combien cette croyance est dénuée de bases scientifiques.

Il en est de même de votre démonstration de l'existence de Dieu. Vous répétez l'argument classique : « Une horloge prouve un horloger. » Sans aucun doute. Si vous voulez prouver par là qu'il n'y a pas d'effet sans cause, tout le monde est d'accord là-dessus. On appelle ordinairement Dieu (mot qui signifie étymologiquement *jour* ou *lumière*) cette cause universelle et suprême, cette raison d'être de tout ce qui existe, et nous ne demandons pas mieux que de lui conserver ce nom consacré par les siècles. Mais là où nous cessons d'être d'accord, c'est lorsque vous prétendez nous expliquer par le menu la nature

et la manière d'être de cette cause mystérieuse
et insaisissable des choses, et surtout lorsque
vous lui attribuez vos propres imaginations,
lorsque vous la transformez en un être absurde,
moins logique et moins juste que l'homme
lui-même, en une vraie caricature de l'idée de
la divinité, en un véritable fantoche dont vous
vous réservez de mouvoir les ficelles et que
vous faites parler à votre gré.

Vous avez bien tort d'attaquer le positivisme
et le darwinisme, Monsieur l'Abbé, car si
jamais l'immortalité de l'âme et l'existence
de Dieu sont démontrées scientifiquement, ce
sera par le darwinisme et par le positivisme.

En les attaquant, vous renouvelez la faute de
ces prétendus hommes de science, théologiens
et cardinaux, qui ont condamné Galilée, au lieu
de chercher à comprendre sa doctrine et de
s'arranger pour interpréter la Bible d'une
manière figurative et compatible avec les don-
nées de la science et avec la logique. Il a bien
fallu cependant que la théologie finît par capi-
tuler, et qu'elle renonçât au mouvement du
soleil et à l'immobilité de la terre.

Un jour viendra où la théologie expliquera

de même d'une manière figurative la création à
la fois instantanée et intermittente de Moïse,
y compris l'histoire de la pomme et du péché
originel.

En attendant, Monsieur l'Abbé, vous avez de
longues années encore pour soutenir la doctrine
contraire. Continuez donc à pourfendre Darwin
et son école ! Avec quelle facilité et quelle désin-
volture vous culbutez les plus grands noms de la
philosophie ! En vérité, cela ne paraît être pour
vous qu'un jeu d'enfant ! Aucune objection ne
vous embarrasse. Vous répondez à toutes victo-
rieusement. Vous auriez pris la peine de vous
écrire à vous-même et de choisir les difficultés
auxquelles il vous plaisait de répondre, que
vous n'auriez pas eu plus de succès. Rien ne
tient debout devant vous. Avec quel art vous
prenez, dans tel ou tel auteur, le passage qui
vous convient et le contraignez, bon gré mal
gré, en l'isolant de son contexte, à vous servir
d'argument ! Les adversaires les plus déclarés
de vos idées, Broca, Victor Hugo, Robespierre
et tant d'autres, deviennent ainsi vos auxiliaires
involontaires.

Demain, vous allez entrer sur le domaine

religieux proprement dit, car ces conférences
soi-disant scientifiques, faites dans une salle de
bal, n'étaient, comme nous nous en doutions,
qu'une amorce et une préparation à celles que
vous allez faire dans la cathédrale. Attendons-
nous à de nouvelles merveilles d'adresse et
de subtilité. Vous nous avez offert un pari.
A mon tour de parier que demain ou après-
demain vous allez nous servir des textes de
Voltaire et de Rousseau prouvant qu'ils croyaient
à la divinité du christianisme, notamment ce
fameux passage de J.-J. Rousseau : « La beauté
de l'Evangile m'étonne, etc. » Mais parions
aussi que vous vous arrêterez juste au bon
endroit : « Si la vie et la mort de Socrate sont
d'un sage, la vie et la mort de Jésus sont d'un
Dieu. » Vous vous garderez bien de citer la
suite, qui contient la conclusion de Rousseau,
parce que cette conclusion est la ruine de votre
système. Combien de gens ont entendu mainte
et mainte fois ce passage dans la bouche des
prédicateurs de carême, sans se douter que le
Vicaire Savoyard — que Rousseau a mis en
scène d'après un type réel et connu de lui —
termine sa profession de foi, après avoir lon-

guement pesé le pour et le contre, par une déclaration solennelle de scepticisme et d'incrédulité.

Pour vous, Monsieur l'Abbé, qui n'êtes pas un prédicateur de Carême, mais que cependant je ne me permettrai pas d'appeler un prédicateur de Carnaval, bien que vous ayez choisi cette joviale saison pour vous faire entendre, continuez à recueillir les applaudissements qu'on ne vous a pas marchandés dans cette ville bien pensante. Comment cette foule, évidemment très versée dans les sciences physiques et naturelles, ne se serait-elle pas pâmée d'aise et d'admiration en vous entendant prouver l'existence de l'âme à l'aide de la thermodynamie, et cela sous le patronage de plusieurs célébrités médicales et scientifiques de notre ville, qui n'ont pas été les moins ébahies de cette découverte.

Pourtant, et sans vouloir amoindrir votre triomphe qui est très réel, laissez-moi vous dire que vous n'avez persuadé que les gens convaincus d'avance. Quant aux autres, ils continueront à trouver inadmissible et contraire au bon sens le plus vulgaire, en même temps que

puérile au dernier chef, votre conception de la
création du monde et de l'origine des choses,
que vous vous imaginez être sorties du néant à
coups de baguette, à l'instar de ce qui se passe
de nos jours au théâtre, lorsque, au coup de
sifflet du machiniste, le décor change tout à
coup et par enchantement. Ni votre argumen-
tation subtile, ni vos tours de force, ni vos
sarcasmes, ne nous empêcheront de préférer,
comme plus plausible mille et dix mille fois,
la magistrale conception de Darwin, qui suppose
une création progressive, lente et continue,
s'opérant dans la suite indéfinie des siècles, et
s'harmonisant avec les transformations évidentes
du globe terrestre. Vous ne parviendrez jamais
à nous persuader que l'homme n'aurait fait que
dégénérer depuis l'époque de son apparition sur
la terre, et que Dieu ne l'aurait créé parfait au
début que pour le condamner ensuite à l'avilis-
sement et à la décadence. Nous croyons plus
rationnel de supposer, au contraire, que l'homme
primitif avait en lui les germes d'un progrès
indéfini, dont le passé et le présent nous don-
nent des preuves manifestes, et dont nous atten-
dons avec confiance les transformations futures

de l'humanité, comme aussi le triomphe final de
la Vérité certaine, indiscutable et scientifiquement démontrée.

X. X.

————⋊⋉————

Bordeaux. — Imp. G. GOUNOUILHOU, rue Guirande, 11.

Bordeaux. — Imprimerie G. GOUNOUILHOU, rue Guiraude, 11.

www.ingramcontent.com/pod-product-compliance
Lightning Source LLC
Chambersburg PA
CBHW061637180626
46818CB00005B/2417